MW00911324

LIBRARY
GEORGES P. VANIER SCHOOL
ELEM. — J. H.
94-102

discarded

le père Noël

Texte et illustrations: Ginette Anfousse

Les éditions de la courte échelle inc.
5243, boul. Saint-Laurent
Montréal (Québec)
H2T 1S4

Conception graphique: Derome design inc.

Dépôt légal 3e trimestre 1993
Bibliothèque nationale du Québec

Copyright © 1993 Les éditions de
la courte échelle inc.

la courte échelle
Les éditions de la courte échelle inc.

Données de catalogage avant publication (Canada)

Anfousse, Ginette

  Le père Noël

  (Les aventures de Jiji et Pichou; 13)

  ISBN 2-89021-205-X

  I. Titre. II. Collection: Anfousse, Ginette.
Les aventures de Jiji et Pichou; 13.

PS8551.N42P47 1993   jC843'.54   C93-096613-9
PS9551.N42P47 1993
PZ23.A53Pe 1993

Le problème avec le père Noël, c'est qu'il est gros.

Il a un si gros nez, un si gros ventre, de si grosses bottes et un si gros sac rempli de cadeaux...

... que je me demande comment, ce soir, il pourra se glisser dans la cheminée.

Dis, Pichou, si on allait attendre le père Noël dehors,
en cachette? Si on l'attendait, déguisés? On lui dirait d'oublier
la cheminée! De passer plutôt par la porte!

On l'attendrait en fixant le Pôle Nord. On l'attendrait toute la nuit, s'il le faut.

Le problème avec le père Noël, c'est qu'il est un peu comme
le bonhomme Sept-Heures.

Il vient toujours quand il fait noir comme chez le loup et froid comme dans un congélateur.

Mais même si Pichou grelotte de froid, même s'il tremblote
de peur...

... il faut que mon pauvre-petit-bébé-tamanoir-mangeur-de-fourmis-pour-vrai reste immobile, brave et courageux.

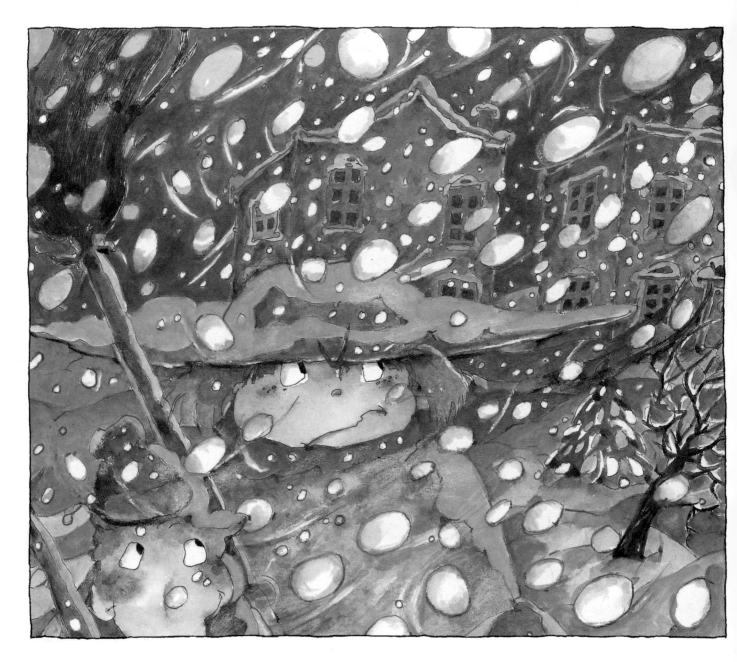

C'est alors que l'envie terrible d'aller se cacher en dessous du lit disparaît d'un seul coup.

Et, par une magie aussi terrible, les méchantes rafales
de neige se changent en extraordinaire tempête de boules
de Noël.

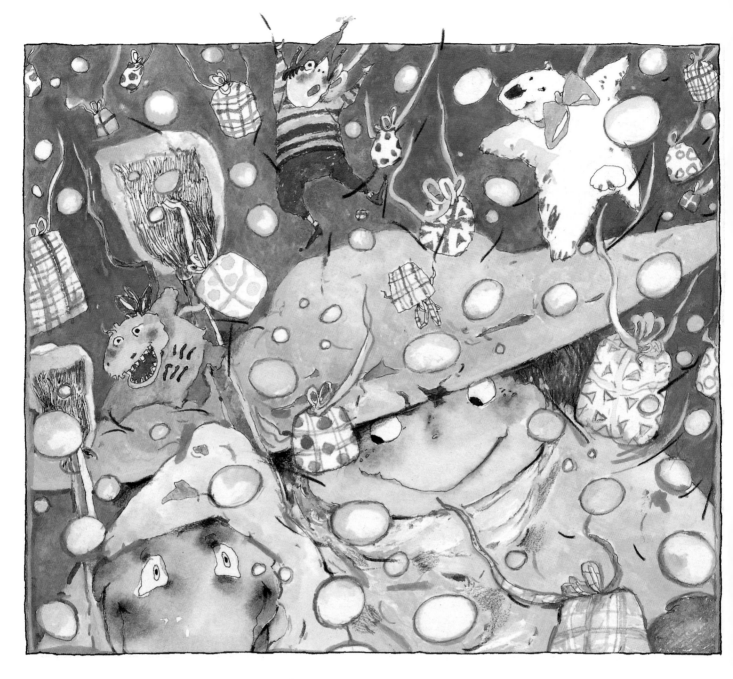

Et l'extraordinaire tempête de boules de Noël se change...

... en un gigantesque ouragan de cadeaux.

Le problème avec le père Noël, c'est qu'il est long à venir.

Si long que, pour résister à l'épouvantable envie de dormir...,
il faut cesser quelques secondes de fixer le Pôle Nord...

LIBRARY
GEORGES P. VANIER SCHOOL
ELEM. — J. H.

Ooooh!... Finalement, le vrai problème avec le père Noël, c'est que...

... mon pauvre-petit-bébé-tamanoir-mangeur-de-fourmis-pour-vrai est beaucoup trop petit pour veiller jusqu'à minuit!

Dis, Pichou, tu vois ce que je vois? Je me demande si le père Noël n'est pas le pire joueur de tours de toute la planète!

Promis, l'an prochain, je grimperai sur le toit et je l'attendrai toute seule, bien assise sur la cheminée!

Achevé d'imprimer sur les presses de Litho Acme Inc.